JN123280

ティータイム

Tea Time

山本眞弓詩集

Yamamoto Mayumi

澪標

アバーデア(NP)の象

グレートリフトバレー

ナイバシャ湖

ゴングヒルとジャカランダ

ラム島

キリマンジャロ山

ジラフ　マサイマラ(NP)

エレファントの親子　アンボセリ(NP)

キクユ族の踊り

ヌーの頭突き

バリンゴ湖のバナナボート

マサイのこどもたち

ティータイム　＊目次

I この空はアフリカに続く

II ティータイム

III

装幀　森本良成
写真・絵　山本眞弓

I　この空はアフリカに続く

この空はアフリカに続く

一日　一ヶ月　一年
過ぎ行く時の速さ
仕事に追われ
カラカラに乾いた心には
何も生まれない
何も育たない
秋風が吹いて
かすかにひなたの匂いがした
懐かしいサバンナの上を吹く風の匂い
見上げるとアフリカで見た空があった
まっすぐ高い空にふわりと白い雲が浮かんでいる

その下で
ゼブラが草を食む　インパラの澄んだ瞳
深呼吸一つすると
やっと生きている心地がした
風にのって
いつしか私の心は
アフリカの空を　旅している

Pole Pole

暗い顔で俯いたりしない
（たとえ悪事企もうとも）
頭を上げ颯爽と風を切る
よく通る声で遠くから呼ぶ
「テレホーン」
着いて早々　ホテルの庭を突っ走る
（日本からの遠距離電話かも）
ぜいぜい息が上がる
ここが千七百mの高地ということ忘れていた
現地の人はむやみに走ったりしない
（尤も狩をする時は別だが）

長い手足を伸ばし　しなやかに
跳ぶように踊るように　歩く
今　飯を食ってきたみたいな緩い表情で
いつもの合言葉
「ポレ　ポレ」
「ポレ　ポレ」
歌うように言う
仕事が捗らなくとも
時間に間に合わなくても
「ポレ　ポレ」
頭を悩ます難問が山積しようが
（何一つとっても眠れないほどある）
赤道直下０度の風に吹かれて歩けば
悪夢のすべては無垢の自然に溶かされて
締め括りはおきまりのパターン
「ハクナマタタ」（問題ないさ）

快活に言い放つ
明日には明日の風まかせ
私もナイロビの風に歩く
（裏切られても　もうじたばた走ったりしない）
見上げれば　いつも円い
コバルトブルー

ナイロビNP　ジラフ

雷とスコールとろうそく

ケニアは乾季雨季が交替でくる　雷は尋常でない　ピカッと光った瞬間
稲妻が縦横に走る　バリバリバシャーン　身を伏せる暇もない　空に黒い
垂れ幕が降りそうになったら　一目散に身を隠す　建物の中車の中に逃げ
込む　日本から機内に抱え込んで持ってきた炊飯器もやられた　ヒューズ
が飛んで炊きあがった米が黒焦げになった　慌てて電気店に持ち込み応急
処置をしてもらう　日本製の部品はないから全て手作り　器用な職人さん
がいてくれたお蔭で無事直った　なにしろ毎日の弁当にご飯は欠かせない

スコールもすごい　当たると痛いほどの大粒の雨が激しく熱い大地を容
赦なく叩きつける　白い蒸気がもやになって一寸先も見えない　道路や小
川や溝はたちまち溢れ濁流になって家も人も牛も流される　我が家も庭に
面して一段低いリビングに　床上50センチの浸水　メイドやドライバーの

力を借りて応接セットを高い場所に移動　後の始末が大変だ　雑菌だらけの汚水だから身の危険を感じる　幸い日本から持ってきた消毒液が役に立った　スコールが上がると抜けるようないつもの青い空　窓を開け放って風を入れる　汚れたカーペットも洗って干す

ナイロビのホテルに初めて泊まった時　トイレにもバスにも無論寝室にも至る所に蠟燭が置かれていた　不審に思ったものだがすぐに納得　三日目に停電した　住んでみて分かったことは　停電は日常茶飯事　驚くに足りない　家に移るというので　大量の蠟燭を仕入れた　建てたばかりの新築には要注意　点検もなしだから　天井の配線が滅茶苦茶で電気が点かない　その日から蠟燭生活　困るのは電気冷凍庫・冷蔵庫である　暑いから食料品は全てそこに収めている　仕方なく自家発電機を借り入れた　思い切り紐を引っ張りスイッチを押すと　ガァーととてつもない音がしてガタガタ揺れ　今にも爆発しそうな勢い　雷より怖く感じた　スイッチ入れるにも勇気がいる　スイッチを押すと同時に遠くへ飛び退き　揺れの収まるのを待つ　停電は文明の利器には何と厄介なしろものか

クンビ　クンビ

朝いつものように食堂に入るとそこら一面　白い羽・羽・羽・
パラパラ　ハラハラ落ちてくる　窓枠にも丸テーブルの上にも
床の上にも　何やらもぞもぞ這っている　黒い点・点・点……
目を凝らせば二、三センチの無数の虫たち　壁に当たりながら
やみくもに羽を落とす　その数は半端でない　一体どこから侵
入したのだろう　しっかり鍵を窓にも扉にも掛けたはずなのに
熱心にバケツに虫を集めているのはメイドのリリアン
— What is this?　指さすと
— Kunbi kunbi　こともなげに答える
マダム炒って食べるとおいしいんです
羽をむしって生でも食べるんですよ　と実演する

正式にはターマイト　英語でホワイト・アント　訳して白アリ
現地の人は親しみを込めてスワヒリ語でクンビ・クンビと呼ぶ

サバンナを歩いているとブッシュのすき間に赤土を練りこんだ
高い塔をよく見る　何だろうとガイドに問うと　蟻塚だという
高さは一～六メートルにも達する　最長は九メートルにもなる
ある日　地面から吹き出るように蟻塚の穴から羽アリが大発生
まるで真っ黒い雲が空を覆うように空中に飛ぶ　すると野生の
鳥たちが我先によってくる　現地の人も捕る　重要な蛋白源に
なるという　噂には聞いていたが

雨季に入ると部屋の壁に大型のやもりが張り付く
アメフラシのように膨れた桃色のナメクジも這う
でもクンビ　クンビにはさすがお手上げ
隙間という隙間に新聞紙を詰め込みテープで貼り付ける
しっかりガードしなければ　夜毎

クンビ　クンビの
悪夢見てしまう

アリ塚

レオパード

君はソーセージツリーに
四肢を伸ばし下界を見下ろす
物珍しそうに見上げているツーリストを一瞥すると
遠い地平線に目を移し
広いサバンナを一望する
ゼブラやヌーの大群が一心に草を食んでいる
君は慌てる風もなく
悠然と構えている
既に早朝捕ったトムソンガゼルは
枝に引っ掛けられている
すぐにガツガツ噛み付いたりしない

ツアーの野次馬たちが引き上げた後
頃合いを待ってゆっくり食するのが
君の流儀だ

君は孤高の王者
ライオンのようなハーレムもつくらず
いつも単独で行動する
領分をわきまえ
欲張らず
空腹にも脅えず
樹上で足をぶら下げ
ゆったり日を過ごす

天球の淵まで散りばめられた銀華の夜
白いソーセージの連なる枝に
黒いシルエット

斑点は闇に溶け
シリウスより明るく燃える
鋭い眼光
するりと流線形の体を滑らせ
地上に降りると
暗がりのブッシュの中へ
未知数の危険も顧みず
君は　姿を消した

ソーセージツリーに登ったレオパード

白犀

広い平原にポツン
湖のほとりにポツン
時の中に　静止して
草を食むでもなく
遠い眼差し
両目の間の小さな突起
潰れた鼻の上にも大きな突起が反り返る
顔の中心に縦列の二本の角
その厄介な角のせいで
孤独になったのか
佇む彼は困惑している

今や絶滅危惧種
だれにも助けを求めず
臆病で無口な彼は
ぽつんとサバンナに取り残された

風の方向に鼻を向けても
どこにも雌の匂いはない
太い脚を折り
このまま朽ちていく巨体
やるせない背を撫でてやる
ごわごわした皮膚
かすかな息の下に
逆らう生気は最早失せ
潤んだ小さな目は
こうなる運命を悟っているかのように
優しい

サバンナの人は
鎧を着けた犀の雄姿を
アカシアの倒木に忠実に刻む
ぴんと立った耳に
今でも草原の風が届くように

横たわる白犀

カメレオン

ほら　そこに
バンパーの間のフロント硝子に
張り付いたカメレオン
茶色に黒の縞模様
体長10センチくらい
左右違う方向にくるりと回すびっくり目玉
長い尻尾でバランスを取りながら
二本の突起で感知する
背中のギザギザは爬虫類の証拠
車を止め
ドライバーがボンネットに木の枝を置く

彼は恐る恐る木を渡ろうか迷っている
何度も右足を空に上げては引っ込め
ようやく枝に足を掛け　次は左足
おっかなびっくり宙に泳がせて
両足すべてが揃うまでの長い時間
二股に分かれた指先でしっかり枝を捕まえると
それからおもむろに前進だ
森の蝶を目ざとく見据え
あの管のような長い舌で絡め捕る
電光石火の素早さも持ち合わせているのに
一足一足おそろしくゆっくり進む
この用心深さはどこからくるのだろう
なぜ車に登ってきたのか
それとも誰かの悪戯
枝ごとカメレオンを森に返し
再び車を走らせる

彼がねぐらに辿り着く頃
森はとっぷり暮れるだろう
恐竜を祖先に永らえてきた
慎重な彼のことだから
g o o d　l u c k
月は語りかけるだろう

ぐるりと尻尾を枝に巻きつけ
月を抱いて
丸い瞼を閉じる

車の上のカメレオン

マーケット・ウーマン

丘を越え
谷を渡り
手作りの土の産物を
籠一杯に詰め込んで
お尻をふりふり
額にベルトを巻きつけて
重心をとりながら
大股で闊歩する
マーケット・ウーマン達
　土のこびりついたふくよかなジャガイモ
艶やかなオレンジ
赤く熟れたトマト

大きなピーマン

眠れる黒い土を耕して
芽生える種を植えつけた
雨の日　晴れの日
若い苗の世話をした
掛け声かけて
水を汲み育てた
太陽に輝く実りの数々
どれもこれもいい香り
シュワーとジューシー
彼らの労苦の結晶だ
天秤を見る
お金を受け取る
白い歯がこぼれる
たくましくやさしい
マーケット・ウーマン達

ソルトアンド ペッパー

赤土のラフロードをひたすら走る
小さなキオスクの立ち並ぶ町を横目に
いくつも通り抜け
丘を目指してぐんぐん走る
坂を一挙に駆け上がる

土色の壁と椰子の葉で編んだ屋根
オレンジ色の突き出たテラス
見晴らしのよさそうなレストラン
salt and pepper の看板が
ドアを押すと

広い空間に
丸いテーブルと椅子
暖炉もある
分厚いステーキの絵を描いたボードメニュー
売りものはこれらしい
味付けは塩と胡椒
いたってシンプル
肉汁の滴る
解体したての赤身
恐る恐る
ナイフとフォークを握る
ピクピク踊りだす気配
がつーんと胃に応える
顔を見合わせ　苦笑い
名前に魅せられ　はるばる来たが
アフリカには時々参る

急いで濃厚なコーヒーで誤魔化す

でも　わたし達はこの上ない眼福を味わった
二百万年前の化石が眠る
リフトバレーの風景満載
絶品の円卓だったから

リフトバレー

人は何処から来て　何処へ行くのか

ナイロビから八十キロ　大地溝帯の中に
ロング・ノット山の優美な山容が浮かぶ
火山灰で埋もれたその麓に残る
二十万年前の原始人類の住居跡
大小の足跡
広い範囲に散らばる
ハンドアックスや石包丁
なぜか人骨は見つからなかったが
百万年前の象や犀の化石骨が横たわる
一九四二年イギリスのリーキー博士が発掘した
オロギセリー遺跡

発掘現場は当時のままに
　今にも駆け出しそうな足跡
　黒曜石の光る矢尻
　獲物を狙う鋭い眼
　燃え盛る焔
　高く天に跳び
　大地に平伏す
人類は大地と共生し命を繋いできた

ケニアからタンザニアまで南北を貫く大地溝帯
二千万年前にできた巨大な断層陥没帯
今も毎年少しずつ裂け目は広がる
峡谷の底にいくつもの細長い湖
ソーダーや藻や塩を含みミネラル分が豊かだ
動物が集まるこの沃地は人類発祥の地
人はここから旅立ち世界の果てまで足を伸ばした

人工の手を加えることなく自然の状態で残すことを望んだ彼の意思で
周囲360度人工物の一切ないこの爽快さ
地球四十五億年の歴史の中で人はまだ歩き始めたばかり
澄みきった空からリフトバレー一帯に
オゾンを孕む風が吹き渡る

Ⅱ　ティータイム

ティータイム

空は雲と融けあい　風は大地に頬ずりする
枝が左右対称に伸びたテーブルツリーの下に円いテーブルと椅子
集まったみんなは足を揃えて席に着き待っている

まあ皆さんおすまししてお行儀のよろしいこと
おしゃべりでリラックスして下さいね
ジラフのお兄さん　本当は舌が痛いんでしょう　あんな棘のあるア
カシアの葉毎日頂くんですもの　甘いミルクティーをどうぞ
イボイノシシのお母さん　ヒールを履いたような細い足先で尻尾を
ピンと立てて草原を小走りなさって来たのですね　砂糖たっぷり
のケニアティーにしておきましたよ

シンバのお父さん　立派な鬣《たてがみ》を金色になびかせ威風堂々なさって正
に草原の王者ですこと　敬意を表してロイヤルティー召し上がれ
インパラのお姉さん　あなたのしなやかで美しい身のこなし　その
黒い瞳に見つめられたら動けなくなりそう…ミントティーは如何
ヌーさんたら　そんなしかめ面よして下さいな　余り物の寄せ集め
なんて誰が言ったのでしょう　気になさらないで　気分直して
レモングラスティーをどうぞ
あらハイエナさん　こんな片隅にいらしたの　油断大敵サバンナの
掃除屋　いえ遠慮御無用皆さんの輪の中へ　すぐに山羊のミルク
入り紅茶ご用意しますわ
まあヒポポタマスの河馬さんいらっしゃい　昼間はお眠いでしょう
早速冷たいティー持って参りましょう　でも糞散らしだけはご勘
弁願いますよ
象さん　犀さん　チーターさんはまだですわね
お日さまの光も柔らかくなって気持ちのいい午後ですこと
みなさま　どうぞごゆっくり

日が落ちるまでまだたっぷり時間ございましてよ
さあどなたが最後までお残りになれますかしら

さっきからハゲタカが様子窺いに高い樹の間から見え隠れ
なにはともあれ
サバンナのすばらしい夕陽に今日も出会えますように

チーターの兄弟

シマウマ

リフトバレーのサバンナで休むシンバ（ライオン）

ナイバシャ湖畔

はるか　遠く
薄青き　弓なりの空
かすみがかった雲の群れ
風は　ゆっくりと
湖面を　かすめる

湿地のなかの　ホオジロカンムリヅル
金色の環が　ゆれる
細いくちばしで藻をつつく　アフリカトキ
白い花が　こぼれる

百年を越すアカシアの巨木の枝は
大地にひれ伏し
真昼の精が
日を焦がす

湖を囲む
切り立つ崖っぷちの
向うで
表土を失くした茶褐色の荒地
灼けつく大気が　砂を巻き上げていく

いつしか
時の魔法をかけられ
私の影も　赤道直下
零度の中へ

ナイバシャ湖

バリンゴ湖

真昼間　バリンゴ湖を渡ろうとボートに乗り桟橋を離れたその直後　漕ぎ手が黙って指さした桟橋の横の突堤に　日に曝されたまま口を45度に開いたクロコダイルが横たわっている　固定された白い彫像のように動かない　恐らく今は満腹で咄嗟の行動を取る気はなさそうだ　私たちは頭上にいるのも知らず乗り込んだという訳だ　気付いていたら悲鳴を上げていただろう　ひやりとした　一寸も油断ならない

バリンゴ湖はナイロビの北方にあり　周囲の岩山から水が流れ湖面は茶色に濁っている　リフトバレーの中の高原湖だ　トゥルカナ族の縄張りで　バナナの木で編んだ一人乗りのバナナボートに乗って早朝から漁に出かける　櫓の代わりに手で漕ぐ　水面が濁っている

から水中に潜むワニがいつ襲ってくるかわからない　少年たちはぐるぐる回りながら網を投げる　頭上には旋回するフィシュイーグルの鋭い眼　命がけの漁でも少年たちの顔は至ってのんびり　今にも口笛さえ吹きそうな　歌さえ歌いそうな表情でぽっかり湖に浮かぶ時にはカバの親子が顔を出す　抜け目なくイーグルは素早く魚を奪い　岸辺の住処の高い枯れ枝に止まって捕食し　またも獲物を狙っている

岸辺にはバンガローやコテージが並び鮮やかな赤い花や緑の芝生が見える　今夜はそのどれかを宿にするつもりだ　湖畔には白サギやヘラサギ　エジプト雁が群れている　その先には森や草原が拡がり野鳥の宝庫だ　私たちは芝生を突き切る　空気鮮度100パーセント　光が降り注ぐ　振り返るとリフトバレーの岩山から湖へ大きな虹のアーチが架かっていた　雲間からコバルトブルーの空が明るいテリムクドリ　サンダーバード　サイチョウが迎えてくれる明日の朝が待ち遠しい

ジャンプダンス

すうっとのびて
高く跳ぶ
だれよりも高く
助走なしで天を突く
マサイの戦士は
鋼のように
スレンダー
鼻筋高く
ハンサムぞろい
格子の衣をはおり
首にビーズの輪

手には槍の代わりに長い棒
赤土と牛糞で固めた
お椀を伏せたような家に起居し
放牧と狩が生業だ

丸い広場は社交場
互いにおしゃれな若者同士
長い髪を幾筋にも分け赤土練りこみ三つ編みにする
くりくり坊主のくりくり目玉のこどもたち
好奇心でいっぱいだ
女の子たちはビーズの首飾りに腕輪をして
少しはにかむ
出迎えの時も見送る時も
男も女も全員
一列に横並びして
客人に礼を尽くす

キリマンジャロ周辺に住む
誇り高き民族マサイには
国境はない
ジャンプして
いつも往来自由

キリマンジャロ山（5,895m）

マサイ族の女性たち

マウント・ケニア

奇妙・奇態な植物の茂る
摩訶不思議な神の山
青く凍った湖面
鋭く尖った三角の剣の先に
今、朝一番の光が射す
黄金色に輝く氷壁
まだ闇に閉ざされて
まっ平らに拡がる山裾
その平坦な山脈《やまなみ》から
突然　火柱のように炎が立ち上り
まっ黄色の太陽がぐんぐん

速いスピードで上っていく
岩壁の山肌を露わにした
尖った三つの峰々は
再び黒いシルエットになる
　誰も近づけない
　誰も近づかない
魔の山
遥か遠くで仰ぎ見る神の山
五一九九mの全容は
瞬く内に
雲に覆われていく
渦巻く雲海に沈座したまま
山は再び沈黙す

マウント・ケニア

モンバサの海

東インド洋からくる風が　波が
異国の香りと　ときめきを運ぶ
ここは外海に開かれた窓
アラブの香辛料も
東洋の磁器も
日本の中古車も
古くから人や物が行き交う交易港
敵の侵入を防ぐ堅固な要塞も廃墟と化し
大砲の脇にくの字に曲がったデイゴの木が
捩じれた赤い花を咲かせている
日本のＯＤＡで造られた吊大橋を渡ると

ケニア第二の都市モンバサだ
信号の無い広い通りはマタツーの往来でひっきりなしの警笛
路地を曲がるとアラブ風の館が並び妖しげな楽音も聞こえる

ナイロビのテロ事件の後　ここまで来た
血の匂いと黒煙が空を覆い
うめき　叫ぶ声
高いビルからシャワーのようにガラスの落ちる音
その中をかいくぐって逃れてきた
モンバサはなんでも受け入れる
麻薬や　テロ集団さえも
巷には人種を問わない奸詐と媚薬が蠢く
それでもモンバサとナイロビをつなぐ幹線は
一年分の食料を運ぶ大動脈だ

港を離れ　ビーチに出る

眼を裏切る青の断章
インド洋に沿って続く白砂
椰子の木にもたれて
モンバサの風に吹かれていると
胸に騒ぐ動悸が静まる
水平線から打ち寄せる波音に
心も次第に凪いでいく

モンバサの海

カレン・ブリックセンの庭

広い芝生の中に取り残された日々
芝生の木々の間から
夕陽が落ちていく
最後の残照がゴング・ヒルの丘を赤く染める
西洋瓦の青い瀟洒な建物にもう人影はない

デンマークからやって来た新婦はスウェーデン人の貴族の夫に迎えられナイロビの郊外のこの屋敷に落ち着いた　それも束の間夫には既に愛人がいたことを知る　傷心のまま彼女はこの地に居続け　広大なコーヒー農園を一人で経営し十八年間頑張ったのだ夫から感染させられた性病完治のため祖国に一時帰国もした　イ

ナゴの大群や渇水に悩まされた　それに耐えられたのはイギリス
人の風雲児デニスがいたからこそ　彼は唯一無二の心の支えであ
った　その彼が飛行機事故で突然亡くなる　雌雄のライオンの
咆哮する山ゴング・ヒルに彼を埋葬した後　カレンはこの地を去
り　二度と訪ねることはなかった

高い天井まで届く書架
ひとり書き物をしたり読書をしたりした書斎
客人を迎えた広いリビングには重厚な応接セットに暖炉と豹の敷物
今はひっそり息を殺している
二階の寝室の窓からまっすぐ
ゴング・ヒルが見える
白い糸で刺繍したベッドカバー
ブーゲンビリアの赤い花が窓まで伝う
海抜千八百mの丘の道をランタナの花が彩る
林道には大八車の台車が無造作に置かれたままだ

今にも賑やかな農夫たちの声が聞こえてきそうだ

別名アイザック・ディネーセンはアフリカを去って十二年後に
カレン・ブリックセンの名でようやく執筆した「アウト・オブ・アフリカ」　それはたちまち世界中を席巻した　ヘミングウェーがノーベル賞を授与された時「この横にアイザック・ディネーセンがいてくれたら彼女こそこの賞に値する」と述べたという

何度訪れても　カレンの館は彼女の息遣いに満ちている
アフリカへの深い愛と思いが詰まったこの一冊
ケニアへの望郷はなかなか冷めない熱病のようなもの
攔き火のように今でも静かに暖炉で燃え続けている

カレン・ブリックセンの館

薔薇と紅茶

私の幼い頃
ばらの咲いている庭は憧れだった
香りは高価な香水のように思えた

住みついて初めて
ケニアはばらの輸出国と知った
気候条件が栽培に適していたらしい
規格外のものは百本単位で驚くほど安価に
路傍で売られていた
部屋中ばらで埋めた
飽き足りず苗木を求め庭にも植えた

ナイロビは高原の気候のせいか
年中咲き続け
毎朝ケニアティーを飲みながら
窓辺のばらの唄に耳を傾けた

車で走っていると
広大な紅茶のプランテーションが続く
朝夕の寒暖の差で霧が生まれ
清澄な香りを醸す
母は送られて来たケニアティーを口にする度
「ピュアな味がする」と懐かしみ
私の無事を案じた

今ではベランダの鉢植えのばらを愛でている
ナイロビは　今朝もバラ色だろうか

ジャカランダ

ジャカランダに会いに
船に乗って宮崎まで行った
農業試験場の山の傾斜地に
点々と咲いていた
さやさやと風にそよぐ葉の間から
透き通るような花弁が一塊に
濃い紫色の花房をつくり
青い空に映えている

南米生まれのこの花はケニアにも咲いていた
赤土に根を張り大木となって

紫の煙のように
空を覆う
咲いては散り散っては咲く
九月から十月の間
人は紫色の絨毯を踏みしめる
散り終わると葉が繁り
心地よい日陰を作った

日本の土壌では大木になるのは難しい
木が成長するにつれ葉が先に茂り
花の色が薄くなりやがて咲かなくなる
接木を繰り返しようやくここまできました
作業の人は手を休めて愛おしそうに言う
散った花弁は薄絹のように手に張りつく
そっと手帳に挟んだ

その夜赤い月が出た
薄紅色の空から
小波が立った
静かに滑る船音を背に眠りにつく
波の向うに
淡いジャカランダの花が揺れている
さわさわ　さわさわ　と

ジャカランダ

ケニアのおみやげ

三年間（一九九八・三〜二〇〇一・三）のケニア滞在で、私を突き動かしたものは、自然の命の輝きであった。強く明るく透明な光の中で、花も緑も人も生きもの全てがあるがままで美しく、力強く、生命力に溢れている。

毎朝目が覚めると、ベッドの上からゆったり流れる白い雲の姿とコバルトブルーの空を眺め、陽ざしの中でしばしの間まどろむ幸せを感じる。自然に「今日も生きていく力」を与えられている。

門の外は一歩も一人で歩けない程、治安状況は悪くても、人々はゆったり大らかで、明るい声で「JUMBO」とあいさつする。いつも車の窓から、道の両側にそそり立つ大木の赤い花や黄色・白・紫・ピンクの花々を楽しんだ。

ナイロビを離れて一七〇〇mの高度から次第に低地に移る過程も変化に富む。キクユ族の農耕地帯、コーヒーや茶畑、パイナップル、バラ、ナッツのプランテーション、次第に緑がまばらになり、低地に入るとサバンナの荒れ地にアカシアやサボテンの木がポツンポツンと見えてくる。

段丘が両側に連なり底地の乾いた赤土が拡がり、塩を含むソーダ湖が転々と点々と青く見えるリフトバレー（大地溝帯）の風景はいつ見ても飽きない壮大なパノラマだ。

シマウマやインパラの群れが風のように通り過ぎていく。

小さなカメラでは収めきれない風景をいつしか描いてみたいと思うようになり、一般庶民には手の届かない画材店で油絵の具を購入、インド人の女性ルシーダに習うことにした。

初めは一本の木から描き始めた。アカシア、バオバブ、ナンディフレーム、ヤシ等。慣れたら身近な風景、水と岩と木のある風景、花の風景は最後だった。

日本とは先ず光が違う。透明で強く、万物を鮮やかに甦らせる力がある。描いていて色を重ねるのが楽しくなる。どんどん描いていく。「マユミは描くのが速い、一等速い」とルシーダはいつもあきれたように言う。生徒はインド・パキスタン・イギリス・ドイツ・カナダ・日本と国籍もバラエティーに富んでいたが、ことばは十分通じなくても絵心はすぐ通じる。肩のこらない率直で楽しい雰囲気で、すぐ私も打ちとけ、家も近所のシェーラとは特に親しくなった。一緒に画材店へ行ったり、互いの家を訪問してティータイムを楽しんだ。

日本人社会での肩書きのついた交際は堅苦しく、本音と建て前をわきまえた表面的なものにとどまるが、趣味を同じくする者同志は遠慮がなくオープンで気持ちがよい。

「絵」だけでなく、私が心惹かれたのは、いわゆるアフリカの民芸品である。大胆な構図・デフォルメ・確かな描写力・媚びない率直さ・土の匂いのする素朴で飾り気がなく力強い。それはバティック（ろうけつ染め）、ティンガティンガ（エナメル絵）、マコンデ彫刻（動物や人物の木彫り）、バスケット（サイザル麻やバナナの皮）、楽器（太鼓・マリンバ・シュゲレ・マラカス等）、ビーズ（首飾り・腕輪）等に共通して感じられる。その他呪術用の面も多くあるが、私には少し抵抗があり、あえて求めなかった。

帰国して「ケニアおみやげ展」を開き、絵画・布類・木彫り・サイザル麻のバスケット・楽器・ビーズ等披露した。

Ⅲ

ナイロビ風信（1〜17）

ナイロビ風信　No.1

20日午後10時にナイロビに到着して以来早くも10日が過ぎました。丁度今雨期に入ったばかりで、夜半から激しい雨が降り朝方まで続きます。でも日中はカラリと晴れ上がりまっ青なコバルトブルーの空に白い雲が流れ、爽やかな風が吹き過ぎます。とても快適な気候です。長袖ブラウス一枚でほとんど間に合います。

街（タウン）の治安は余りよくありません。現モイ大統領が74歳の高齢でも5期目に入り、政治能力が衰えていることも原因しているようです。投石、着火などによる学生デモも起こっています。でも今は一時的に大学が封鎖され、学生が休暇に入って街から引き上げたせいか、平穏です。

ナイロビは高度1700mの所にあり、大草原の中にある都市と思いきや大樹が繁り、年中花が咲き乱れ、ブーゲンビリア、ハイビスカスも大木になり、中でも樹上に咲くアフリカンチューリップが目を惹きます。人口200万を抱える発展途上の街です。日本の中古車がたくさん走っています。廃車同然のトラックやバスは人々の貴重な足となっています。車体の日本語はそのままなのですぐわかります。

公用語は英語、スワヒリ語です。でも適当に単語だけをつなげれば意味が通るようで、日常生活もカタコトの英語で通用しそうです。

今はホテルで仮住居（日本の三流ホテルなみがここでは一流です）していますが、先日、入る新居を見学して気に入った家が見つかり、4月6日には転居の予定です。ハウスと呼ばれる連棟型の家に決めました。ちなみにマンションと日本で呼ばれる集合住宅はここではフロアと言います。敷地の周りは高い塀があり、その上に電気の通るフェンスが張り巡らされ門は鉄製で常に門番（アスカリ）が出入りをチェックします。4LDFの広さで、メゾネット型（2階建て）でも一部屋の広さが日本の3倍ぐらいあるでしょうか、ゆったりしています。ドライバー1名とメイド1名雇うつもりです（この間面接して採用することに決めました）。

食べ物は、フルーツがとても安くて豊富でデリシャスです（りんごは日本の1/3位の大きさ紅玉の味です）。牛肉も美味です。でもその他はちょっと日本人の口に合いかねるかもしれません。

街にはスーパーマーケット、レストランもたくさんあり、一応日用品も食事も不足しません。とても自然は魅力的です。珍しい蝶や鳥がたくさん見られます。幸い旅の疲れも出ず、毎日健康に過ごしています。

（1998.3.29）

ナイロビ風信　No.2

4月2日、新しい家に引越しました。3月から5月までは雨期で毎日一度必ず雨が降ります。先日の夜は稲光と雷鳴が響きすさまじい豪雨でしたが、朝になると一変して青空で爽やかな風が吹き渡り、鳥が鳴きアカシアの大樹の葉がそよいでとても清々しい気分になります。

イースターホリデーが3日間ありましたので、ジラフセンターにいきました。穏やかなキリンの母子がのんびり散策し、灰色の長い舌で観光客に餌をおねだりします。イボイノシシの母子も走り回っていました。ごく近くで野生動物と会えるのがナイロビの良さです。そこから更に車を走らせゴング・ヒル（標高2459m）まで足を伸ばしました。ここから360°アフリカの草原が見渡せます。天気の良い日は遠くケニア山（5199m）やキリマンジャロ（5895m）が望まれます。強い風が吹いていて足下の草が波打っていました。そこへどこからともなくいつのまにかマサイの少年達が私達を取り囲み、マサイ名物ビーズのキーホルダーを買ってくれと各自迫ってきます。1個60シルというのを高いといって3個160シルで買いました。これでも市中の価格よりは割高ということでした（1シル＝2円）。ここら一帯はマサイ族の集落が多くあり、大抵は、牛や山羊を飼う遊牧で生活しているようです。

ナイロビに入って3週間が過ぎそろそろと思っていたらついにきました。水にも食事にも注意していたのですが、夜激しい腹痛と共に、腹を下し全てを排出しても尚腹がキリキリ痛みました。胃腸は丈夫と自認していましたが、大腸菌が入れ替わって初めて現地婦人となるのだそうです。もう一つ現地婦人の必携品、サイザル麻のバッグ二つを購入しました。一つは肩に下げるショルダーバッグ、もう一つはやや大きめの手カゴ風のバッグです。これで私も現地の人の仲間入りとなったわけです。

（1998.4.16）

サイザル麻の電信柱のような茎

ナイロビ風信　No.3

今、日本はゴールデンウィークを過ぎ、つつじやさつきが満開の頃でしょうか。

ナイロビは雨期の最中で毎日数時間滝のような土砂降りが必ずあります。朝夕は冷涼で半袖でいると風邪を引きそうです。現地の人もぶ厚い毛糸のカーディガンを羽織って出勤しています。

ようやく家の中の家具や食器類も整い、生活のリズムも体得しつつあります。

この1ヶ月間歓迎会や招待が続きましたが、会話は英語を使うことが多く、乏しい語学力の故、内容の1/3も聞き取れないのには困りました。でも身ぶり、手ぶり、アバウトには伝わっているようでした。大使館公邸にもディナーに招待され、身近に大使ご夫妻とお話する機会にも恵まれました。さりげない会話にもウィットやユーモアがあり、広い庭園のテラスでお茶を飲むのは格別でした。

今日は我が家で採用しましたメイドのリリアンとドライバーのデイビットについてご紹介しましょう。二人共ルイア族で高校卒（ケニアではハイクラスに入る）であり、長身で顔立ちも整ってなかなかの美形です。英語も上手で仕事もてきぱきとこなし、まじめで賢く、二人を通じて現地の人と交流しています。日本語もすぐ覚えて使います。私もスワヒリ語を早く覚えたいのですが（母音発音が多い）、なかなか使えません。今や、私達の生活はこの二人なくしては機能しません。ずい分助けられています。

今、ケニアは経済状態が最悪でデモ、反乱、盗賊が多く、特にけん銃（ガンポイント）を使った犯罪が多発しています。ナイロビの市街地（タウン）は政治、経済の中心地で近代都市のシンボルとしてのビルが建ち並んでいますが、最も危険な地域で、昼間と言えど、女の一人歩きはできません。集団での暴行、ひったくりが日常茶飯事なのです。

特に最近、モイ大統領が都市としての景観を考慮して、町からスラムやストリートチルドレンを追い出す計画を打ち出し実行し始めてからは、険悪な空気があり、すぐに投石、暴動が起こりがちです。

やや郊外（車で5分）にある我が家も夜は厳重な戸締まりをしています。窓には全てアイアン（鉄格子）、玄関・台所は二重ドアにロックは二ヶ所、二階への入口にも鉄の扉を設けています。無論外出は全て車で移動します。特別な用事がない限り、家に居ることになるので、ストレスも相当たまりそうです。

暇なときは専ら、アフリカンアートの本を見ています。それぞれの民族（50種）の民芸品がとても面白く興味があり、少しずつ安い物だけを買い求めていくつもりです。動物王国ですから、動物のポストカードもとても気に入りつい買ってしまいます。

（1998.5.5）

ナイロビ風信　No.4

爆破テロに遭遇して

現在、私の住んでいる「カヤウェイズ・ビラズ」と呼ばれるタウンハウスにスイス人の家族五世帯が入っています。国際赤十字公社の社宅だからです。8月1日は「ナショナル・デー」(独立記念日)ということで、夕刻6時から朝方5時までの夜通しパーティに招待され、子供達も一緒になって、ファイヤーを囲み、飲んで食べて歌って踊って、とても陽気なパーティでした。

そこで、8月12日に今度は私どもの方で“JAPANESE SUSHI PARTY”と銘打って、ご招待することを企画しました。ナイロビ市内の中央は「タウン」と呼ばれる繁華街で高層ビルの集中している所ですが、そこへ材料を仕入れに出向きました。

8月7日(金)午前10時30分、開店と同時に、アメリカ大使館から約100m離れたプラザハウスビル15階建ての2階、日本食レストラン「日本人倶楽部」内にある日本食品のみを扱う「大和や」へ入りました。この店はナイロビ市内唯一の日本食材店で、多くの日本人もよく利用する店です。でも、この日は学校が夏休みということもあって、客は私一人でした。入ってすぐにカウンター横の買い物かごを取り、窓側の棚にある食品を物色中、突然“バーン”という激しい爆発音と同時に円形に破裂した白い花火のようなガラスの破片が爆風と共に左半身にぶつかり、顔がパチパチしました。その時かごの中はガラスの破片で盛り上がっていたと後で聞きました。

店主が飛んできて、レストランの方へ移動しました。レストランの通路側の厚い大きな窓ガラスも吹き飛び、調理室のドアも歪んでいました。店の従業員も大声で「爆弾だ。外へ出るな」と叫んでいました。ビルの横に爆弾を仕掛け、その隙に暴漢たちが駆け上がって来るのではないかと恐怖に身が震えました。上階よりザーザー大きな音と共にガラスの破片が雨のように降り落ち、2階の広い通路に小山のように積もっていました。10分間ぐらいうずくまったままでした。

店主が大使館に電話を入れ、「すぐ大使館の方へ行くように」促してくれました。恐る恐る階下に降りると、ビルの前は群衆で膨れ上がっていました。一緒に来ていた運転手を探すと、彼も手を挙げて駐車している方へ案内してくれました。手首も頭も顔も血だらけだったので、彼はひどく驚いて「ソーリイ、ソーリイ」を連発し、群衆をかき分けるようにして、車で大使館に行きました。

大使館の表通りケニアッタ・アベニュー側のビルの入り口は既にシャッターが降りていたので、回って裏側から入りましたが、アメリカ大使館より500m離れている日本大使館のあるビルの前にもガラス破片が積もっていたのでびっくりしました。幸い、すぐ医務官に適切な処置をしていただき、軽傷で済みホッとしました。

窓の外をみると、ヘリコプターが上空を何度も旋回し、空は黒く濁っていました。エレベーターで昇降する時もまだ黒煙が上がっているのが見えました。

帰宅して気付いたのですが、肩と胸にも打撲による青痣と裂傷があり、血糊がべったり付いていました。ポロリと衣服の中から、5センチ角の厚いガラス破片が落ちてきました。

事件の概要を知ったのは、その日の夕刻でした。アメリカ大使館襲撃のため裏に突撃したトラックに仕掛けられた爆弾で、隣接していた2階建ての保険会社のビルは全壊。アメリカ大使館及び横に建つコーポレーティハウス（20階建て）の窓ガラスは全て枠ごと吹っ飛び、そばに駐車していたバスやマタトゥ、自家用車は横転したり、大破。通行人も巻き添えにして、死者180人負傷者5000人に上るということでした。

善良なケニア国民を巻き添えにした「無差別テロ」に強い怒りと悲しみを覚えると同時に、何の理由もなく命を落とされた人々の無念さを思うと、胸がつまる思いでした。

（1998.8.7）

新聞 NATION（1998.8.8 刊）Co-op Bank House

ナイロビ通信　No.5

9月に入って、ナイロビは一年中で最も美しい季節を迎えようとしています。というのも、街路樹、庭園、公園の樹木の代表である、ジャカランダ樹に一斉に薄紫色の花が咲くからです。日本の桜のように落葉樹で、先ず花が咲き、後から葉が繁り、しかも花期は長く2ヶ月間咲いては散り、咲いては散りして、空が青紫色に染まるようです。樹木の成長は早く、天を突くような大木が多く見られ、霞のように花が咲きほころび、ジャスミンのように香ります。

もう一つ変わった花が咲きます。「イエスタデイ・トゥデイ・トゥモロウ」の名前の通り、青紫色のつぼみがふくらみ、紫色の花が咲いたと思うと、次の日は薄紫色に、その翌日は白色に変化するので、一つの木に三色の花が咲いているように見えます。香りも強く、くちなしより強い感じですが、よく似ています。

ブーゲンビリア、ハイビスカス、ポインセチアもみな大木になり、色鮮やかです。

ケガの治療でナイロビは病院が満杯ということもあって、飛行機で1時間先のインド洋に面したモンバサへ療養も兼ねて行きました。

“青い海”とは正にこのことなんだと実感できるコバルトブルー一色の果てしなく伸びる水平線に心も体も解き放たれ、悠久の時の中に身をゆだねる思いがしました。“サファリ・ドライブ”もいいけど、ただ、心を虚にして海と向かい合って、ひたすら繰り返される波の音を聞いているのも何と心安らぐことかと、この地に来た幸福《シアワセ》を思いました。

でもモンバサの市街は喧騒に満ち、アラブ人、インド人、アフリカ人が混然として、かつて旧首都の賑わいを見る思いがしました。

日本人が建設した、橋やエア・ポートがあり、タクシーのドライバーも日本人に対しては友好的です。

又近くには“アカンバ村”といわれる、動物の木彫りの職人の工房（といってもわら屋根の掘立て小屋）がたくさん寄り集まった場所があり、見事な実に写実的な動物の姿態を彫った民芸品が山のようにあり、それらを見るのも一興です。

（1998.9.23）

ナイロビ風信　No.6

ナイロビは今、一年中で最も暑い季節に入りました。でも朝夕は涼しいので、日中の突き刺すような強い陽ざしさえ避ければ、カラッとした快適さです。ケニアの国の中でもナイロビはマサイ語で「水のあるところ」という意味を表すそうですが、水も植物も恵まれた地です。

しかし経済が悪化する反面、人口は増加し、タウンの周囲には大規模なスラム街（キペラ、カワンガレ）が地べたをはうように増幅していく一方です。特に12月に入ると周辺の村々から出稼ぎにタウンに入り、人も車も一杯で身動きできない程の混雑さを極めます。物乞いをする人々も増えてきました。

定住を決意するには大変な場所にも関わらず、ナイロビに渡った最初の日本女性は誰だろうと調べた結果、何と大正10年（1921）、インド航路を経て、ケープタウンより北上した三人の女性の名前が判明しました。長崎県出身のあき、さく、はるという人達で、モンバサより魚を仕入れ魚商を営み、夜は「街の女(からゆきさん)」として働いていたということです。(「アフリカに渡った日本人」青木澄夫著)

現在、ナイロビ在で活躍している人に菊本照子さんがいます。島根県江津市出身で「東アフリカの子供達に希望の灯りを」との思いで「東アフリカ子供救援センター」(SCC）を創設し、14年間活動してこられた方です。ナイロビ市郊外に「マトマイニ・チルドレンホーム」を建て孤児を引き取り、教育し、社会に送り出す一方、ナイロビ市内に年々増加するストリートチルドレンの救済の為、給食、救急手当、衛生指導に取り組んでおられます。私も微々たる手助けしかできませんが、できる範囲（洗濯、野菜の買い付け、寄付）で協力していくつもりです。

又、最近知り合ったのですが、徳島県の陶芸家で松下照美さんという方は、3年前ウガンダに入国し、そこで難民の子等の救済活動を単独でしてこられ、半年前にナイロビに移り、先ず、スワヒリ語を学び、今月よりスラム街に定住して活動するということでした。近く「モヨホーム」を立ち上げるということでした。

菊本さんも松下さんももう50代です。そのバイタリティーと強い信念に頭の下がる思いがすると共にナイロビの底辺の人々を支える二人の日本女性から多くのことを教えられます。

（1998.12.10）

ナイロビ風信　No.7

日本は今最も寒い時期（節分、立春の前後）でコートにマフラー、手袋（ああ懐かしい）に身を固め、朝夕のお勤めの厳しい頃と思います。

しかし、当地は日増しに日照時間は長くなり、気温も上昇してきています。

2月は正に盛夏期で日中の気温は30度前後にはね上がります。でもナイロビは1700mの高原地帯ですから、朝夕は涼しく、いつも心地よい風が吹き、空は澄み渡り、心が晴々する天候です。

1月22日（金）より、近くのケニア医療技術大学の学生13名（日本へ留学予定）に「日本語」のレッスンをすることになり、週1回2時間大学で教えています。

常日頃、なにかケニアの地でお役に立てればと思っていましたので、良い機会だと思い快諾しました。無論ボランティアです。

彼等は一応大学のコースを修了し研修生として大学に残り、勉強している選抜された優秀な学生なので、幸いとても熱心に勉強してくれます。「ケニアの学生は時間にルーズでとても日本の学生のようにマジメにしませんよ。だから驚かないで下さい。」と釘をさされていたのですが、予想に反して欠席、遅刻することもなく、楽しく明るく取り組んでくれますので、とても張り合いがあります。

こちらへ来てそろそろ1年になりますが、日々物資は大型スーパーマーケットに大量に搬入され、豊富に多種類のものが取りそろえられ、新しいアパートメントやビルが増えつつあります。金持ち層も増え、これまで見掛けることのなかったハイクラスのホテルやレストランにも現地の人の占める率が高くなり、貧富の差はますます拡大しつつあるようです。

タウン（繁華街）に出ると、親子づれ、身体障害者、子供達の物乞いが多くなり、先に進めないような有様です。我が家からステートハウスが近いのですが、警戒は日々厳重になり、その周囲は中に入りこめないようにエレキフェンスをした上に、ブーゲンビリアを張り巡らします（鋭いトゲで侵入を防ぐ）。門に至るまでの庭園にはいつも多数のシャンバ（庭師。罰金が払えなくて労務に従事している者が多い）が働いています。モイ大統領の身辺も不安定な状況でいつ異変が起きるとも知れません。日本はケニアへのODA（政府開発援助）の額ではアメリカを抜いて世界トップですが、多くは末端まで行き届かないといううわさです。道路も下水道も一向に改善される様子もなく、公共事業費に使用されている風もなく、使途不明のまま闇の中ということなのでしょう。

（1999.2.1）

ナイロビ風信　No.8

今、5月22日、久し振りに土曜日が休日となり、ゆったりした気持ちで朝を迎えました。ケニアの朝は鳥の鳴き声と共に明けます。正に鳥の宝庫であり、ナイロビ博物館には1050種の鳥類の標本が展示されています。

庭の一角に小さなテーブルと椅子を出し、モーニングコーヒーを飲みながら塀越しにそびえている二本の木を見上げるのが日課になりました。

一本はベンジャミンの大木で、ブーゲンビリアにからまれて、頭上にピンク、赤、橙の花々が冠のように咲き乱れ、小鳥達の宿となっています。細いつるに止まった尾の長い胸の黄色やピンクが鮮やかなサンバード、白黒の色分けがはっきりしているセキレイの硬質なガラスをたたくような「ツゥィ、ツゥィ」という鳴き声、小さなスズメ達、鳴き声は「ギウイ、ギウイ」と奇妙だが美しい瑠璃色のヤツガシラ。

もう一本は、幹の細く白いユーカリの大木が空に伸びています。ここはカラス達の巣城であり、朝方一斉に飛び立ち、夕方には帰ってきます。胸に白いよだれかけをつけたような小太りのムネジロカラス達の賑やかな声。

澄んだ大気に満ちた丸く広がる透明感のある青い空に、ゆうゆうと、トビが旋回する。大きな円が的を絞るとだんだん小さくなり、獲物めがけて鋭い眼光が光り、鋭角に落ちてくる。

午前のひととき、双眼鏡片手にバードウォッチングをしていて飽きない毎日です。

（1999.5.22）

スパーリング（てりむく鳥）

よく庭にくるセキレイ

ナイロビ風信　No.9

花占い

コスモス街道というのが長野県佐久市にあるそうです。それにならって校長先生の発案で学校正門から玄関までのアプローチにコスモスの種子を子供達が蒔いたところ、卒業式（三月）、入学式（四月）、そして30周年記念式典（五月）にわたるロングランをこの花が優しく彩りを添えています。

当地の花は大ぶりで茎はやや太め、背丈は低めです。3～4ヶ月余りの花期が終わると地面には自然播種で育った二世の苗が出番を待っています。二世はやや小振りになりますが、このようにして一年間に3度花を愛でることができるというケニアならではの自然環境です。コスモスは日本人の好きな花の一つです。

スクールバスの待ち時間に花占いをしている子らがいました。スキ、キライ、スキ、キライ…とやっています。そのうちある女の子はコスモスキライ！などといっています。何度占ってもキライになるからです。それもそのはず。花弁が偶数の8枚だからです。ちなみに花言葉は「乙女のまごころ」だそうです。

ナイロビ日本人学校のコスモス

潜伏2週間目の危機

当地は間もなく雨期が終わり、乾期へと移行します。最低気温13℃から最高気温でも24℃位と、1年中で最も涼やかな季節です。

2週間前に宿泊行事の下見調査でインド洋岸モンバサ方面へ出かけた日本人2名がマラリアに罹りました。症状はひどいインフルエンザにかかった感じです。重症になると、死亡したり、運動機能障害などの後遺症で悩む人もいます。

マラリアはマラリア原虫を運ぶハマダラ蚊によって伝染します。ハマダラ蚊のメスは体内の卵に栄養を与えるために血を吸う必要があります。通常、夜に刺しますが、夜明けや日没前後にも活動します。光の閉ざされた暗い場所では昼間でも刺します。また、飛翔力に優れ、2～3kmも移動します。

ハマダラ蚊の特徴は、止まっているときに45度の角度で頭を下に傾けるところです。日本の蚊を含め、ほとんどが水平の姿勢で止まるのと対照的です。また、まだらの羽根を持っている点も特徴として挙げられます。

人の血液中に入ったマラリア原虫は肝臓に入ります。ここで増殖し、2週間前後の潜伏期間を経て、血液中に出てきます。ここで適切な治療によってマラリア原虫を死滅させるか、あるいはマラリア原虫が人の体力を死滅させるかというおそろしい結果が待っています。ですから早期発見、早期治療が求められるのです。

今回の患者Aさんは39℃の発熱、頭痛をガッツで我慢して、Bさんより半日遅れて診療を受けたところ、緊急入院となりました。40.3℃の熱と頭痛、耳鳴り、筋肉痛などに耐えながら、点滴、注射、服薬などの治療のかいあって、峠は越えたようです。

防虫スプレーや蚊取り線香の他、一人用の蚊帳などが予防のため必要です。予防薬もありますが、副作用がとてもきつく、利用する人は少ないようです。窓にも網戸が必要だと思いますが、現地の人は開放的だから普及しません。

（1999.7.3）

ハマダラ蚊

ナイロビ風信　No.10

ケニアの動物サファリパーク、ビッグ3と言えば「マサイ・マラNP」「アンボセリNP」「ナクル湖NP」だろう。「アンボセリ」はアフリカの最高峰キリマンジャロ（5895m）の麓にあり、アフリカゾウ、アフリカバッファロー、マサイキリン、ヌー、ゼブラ、ガゼルの群を見ることができる。「マサイ・マラ」はライオン、ヒョウ、チーター、ハイエナ、セグロジャッカル、等肉食獣も多く見られる。360度の広大なサバンナの平原が拡がり、タンザニア・セレンゲティ—公園に隣接しているので、8月にはヌー、ゼブラの国境にあるマラ川を渡る大移動がある。「ナクル湖」はフラミンゴ、モモイロペリカンの何万羽の群れの住み処であり、湖面をピンク色の帯のように埋めつくす様は壮観である。又滅びゆく動物としてサイの保護区にもなっている。

またケニアは鳥の宝庫であり、ダチョウ、ワシ、タカ、キジ、ハト、オウム、スズメの目種も多く、エジプトガン等の渡り鳥も多い。それぞれ原色（黒、赤、白、黄）の彩りをもち、美声のもち主が多い。ナイロビ国立博物館にも鳥の剥製が多く展示されていて見応えがある。

アフリカの植物の代表はマメ科とイネ科をあげることができる。又アフリカ原産の花はナイルチューリップ、キク科の花（ガーベラ、デイジー、シネラリア）、木はバオバブ、アカシア、竹、ヤシ等であろう。

（1999.10.1）

ナクル湖NPのフラミンゴ

ナイロビ風信　No.11

ケニアは赤道直下にある国です。

ケニア山に向かう途中ナニュキ・タウンを通って行った先に、突然大きな看板EQUATORが道を阻むように立っていました。そこは海抜1917mの赤道直下、緯度00°00S、経度37°7Eにあたる地点を示していました。ケニアは北端4°40N、南端4°40Sだから、赤道はケニアの南北の中間を走っていることになります。

大きく両手を挙げて車を誘導し、「降りてこちらへどうぞ」と案内する男が現れて、「ここで赤道直下ということを証明する実験をするから見てくれ」と熱心に誘う。実験場は草むらの一角にあり白い線が描かれている。その線の南側に白い洗面器を置き、水面に小さなマッチ棒ほどの枝を浮かべ、少し波立たせると棒は右回りに回りだす。線を越えて北側に洗面器を置き棒を浮かべると今度は逆向きに左に回りだすと言うのだ。半信半疑見ていると、確かに渦の方向が逆向きになる。それを認めた上でサインすれば赤道0度の通過点認定書を発行するという。無論有料だが珍しい話の種にはなる。記念として手にいれた。その後車を走らせ目的のケニア山麓のコテージに着きほっと一息。ケニア山は三角形のシルエットになって雲の上に浮かんでいました。ここで少し早いクリスマスを迎える予定です。来年は21世紀の幕開けです。どんな年になるのでしょうか、どうか良い年でありますように。

（1999.12.18）

EQUATOR　渦の実験

ナイロビ風信　No.12

6月1日よりナイロビ市は一斉に隔日停電を実施し、それに対して各大学の学生達が反対デモを連日強行する状態が今に続いています。治安は益々悪化しつつあります。

その上、断水も2週間続き、住民のストレスもつのる一方です。原因は3月から6月までの大雨期にほとんど雨が降らなかったことや、200～300万人のナイロビ市民の需要に対し、ダム建設の遅れなどにより水の供給システムが十分でないことなどによります。

工場、商店などの停電が原因で、解雇された失業者の数が増えた上に、近隣の干ばつにより放牧のできない人々が、首都ナイロビへ職を求めて集まって来る。各国大使館、政府機関の中枢地域の路上にもストリートチルドレン、浮浪者がたむろして生活している有様です。

突然、マタツーの乗車拒否や、5シル（8円ぐらい）払ったか払わなかったかで、周囲の住民を巻き込んでの投石騒動に発展する。信号での一時停車の時に5、6人が取り囲み、車から引きずり降ろして身ぐるみを剥ぐなどのことが、日常茶飯事になりました。薄暗くなると、銃を所持した強盗集団が車や家を襲うこともあり、最近は邦人にも被害が目立つようになりました。外出もままならず、電気はこない、水はこないで、私たちの生活もだんだん厳しくなりつつあります。

（2000.6.5）

ナイロビ近郊　渋滞するウフル公園通り

ナイロビ風信　No.13

6月24日（土）にナイロビ日本人学校の大運動会がありました。児童・生徒数は60名余りですが、日本の小中学校と同じように進行されます。来賓には大使ご夫妻、公使ご夫妻も列席され、「日本人会」の後援もあって、まさに在留邦人社会の一大イベントでもあるのです。

また、日頃から交流のある現地のキリマニ校の生徒も20名招待され、一緒に競技に参加して楽しみます。彼らはすくっと伸びた手足の長さは言うに及ばず、実に身のこなしが軽やかでリズム感があり、インパラ（かもしか）のように速いのです。リレーはいつもトラック半周の差で勝ちます。

組体操、100m走、障害物リレー、紅白応援合戦、綱引き、パン食い競走、そして職場対抗リレー（JIKA、日本人学校、PTA、商社、青年海外協力隊、大使館チームなど）で大いに盛り上がります。みんな家族一緒で、一日を弁当持参で応援します。最後はグラウンドに大きな輪を描いてのフォークダンスで、全員参加して踊ります。校舎の前には昨年大使がお手植えした桜が開花し、後ろの花壇ではひまわりが大輪の花を咲かせています。久し振りに邦人が一同に会して楽しい一日でした。

（2000.6.30）

ナイロビ日本人学校大運動会開会のラッパ

ナイロビ風信　No.14

こちらの地図を見ると、ユーラシア、アジア大陸を中心に、アフリカと日本は正に極西、極東と対極にあります。そして極東の小国、日本のケニアに対するこの9年間の政府開発援助（ODA）額は世界一だというのです。

21年間、ケニア大統領として君臨しているモイ大統領の無策ぶりが、今日あらゆる面（政治、経済、教育、医療など）で露呈され、ケニアは今、未曾有の危機に瀕している状態です。50年振りの干ばつにより、電力制限、渇水、失業者の増加、輸出の落ち込み、飢餓（人間と動物）、観光不振と、全く明るいニュースがなく、犯罪は激増している有様です。燃料価格が小刻みながら上昇している中で、物価も次第に高騰し、益々庶民生活を圧迫し、路上生活者、スラムの肥大を招いています。

モイ大統領は、経済危機に瀕する度に先進国（アメリカ、日本、ドイツ、フランス、イギリス）へ財政援助を要請し、危機を辛うじて乗り越えてきましたが、ここにきて重債務最貧国（HIPC）に陥落し立ち行かなくなっても、負債救済を直ちに受けると、これまでの援助が受けられなくなるという理由で拒否しています。

日本では未だに不況の波から立ち上がれない状況で、中高年は無論、若年者の失業も多いと聞いています。勤勉、真面目な国民から確実に徴収した血税の一部が、世界のより貧しい国々へ、開発援助（ODA、JIKA）という名目でばらまかれていますが、一体その金はどこへ消えていくのでしょうか。この10年来、道路、電気、下水、教育、医療など、どれ一つ取っても進展のないケニアに暮らして、疑問の多い毎日です。

（2000.7.20）

〈NATION紙〉ナイロビのスラム地区キベラ

ナイロビ風信　No.15

こちらは相変わらずの停電・断水、雨が一向に降りません。ジャカランダの花も今年はまばらですぐ散ってしまいました。マサイの牛が草を求めて、我が家の前の道路に列をなして、首を垂れて歩いている光景をよく目にするようになりました。何10kmも歩いてくるのでしょう、やせこけて元気がなく、眼が悲しそうです。マサイ族の少年達も手足が棒のように細く、目だけが大きくうつろです。

しかし、貧富の差が大きく、金持ち層は優雅にホテルで食事、庶民の水不足・電力不足等“どこ吹く風”といった様子で、プールで泳いだり、高級車を乗り回すといった案配です。それでも庶民の怒りが結集して、改革、革命が起こるといったこともなく、ただ温暖な気候がすべてを雲散霧消するという有様で、“明日は明日の風が吹く”ということなのでしょう。

(2000.10.27)

家の前　カヤウェイ通りを行く牛たち

ナイロビ風信　No.16

ナイロビより1時間半、ゴング・ヒルの山並み（2000m級の峠）の間道を越え、リフトバレーの低地へ下りて、そのまま一直線に約80kmドライブしてゆくと、赤土から白い火山灰地に変わり、広大な峡谷が見えてきます。この谷間に紀元前20万年から12万5000年のものと推定されるオロギセリー遺跡があります。今日は近くに住む黒田先生夫妻と一緒に見学にやってきました。黒田先生は東京の小学校37年間教職に勤めながら、アフリカの野生動物の研究をしている内に1994年から2年早く退職してとうとうこの地に住みついてしまった野生動物の研究家です。

1942年ルイス・リーキィ博士の手で発掘された原始人類の住居遺跡で、人骨の化石は発見されていませんが、100万年前のゾウの化石やカバの化石が発掘された当時の姿のまま、保存されています。又数百もの石器（ハンドアックスや石包丁）が、今もそのままの形で散在しています。

日本だったら当然立派な博物館に移動され、ガラスケースの中に保存されるのでしょうが、発見された当時そのままの姿を現地で見学できるのはとても素晴らしいと思いました。

ここから20km更にドライブしてゆくと、ケニアの塩を一手に引き受ける、マガジ湖があります。塩の湖として知られ、イギリス人によって開発された塩田とソーダ工場を見ることができます。赤紫色の藻の影響でピンクの塩田が拡がっています。

日帰りのドライブにはおすすめのコースです。

（2000.10.29）

ソーダ湖で温泉の湧き出るマガジ湖

ナイロビ風信　No.17

いよいよ最後の稿になりました。

何と三年の月日の早さよ。

2000年は大旱魃の年でしたが、2001年の年明け早々、雷鳴を伴う豪雨が連日続き一年中で一番暑いはずの乾期の時期にも関わらず朝夕セーターの要る寒さです。正に大雨期到来で道路は水浸し、川は溢れ、子供が流されて水死、牛・山羊も流され大きな被害の出る始末です。何か不吉な予感のする21世紀の幕開けでした。日本の状況は如何だったでしょうか。

1月10日より3日間の予定で森首相がナイロビに表敬訪問、久し振りに大統領官邸のゲイトにはためく日本の国旗が新鮮に見えました。私の雇っているドライバーは、日本政府は沢山のお金をケニアに出すけれど、みな大統領、大臣の懐に入ってしまって自分達の暮らしは全くよくならない、と嘆いています。フィリピンのマルコスを太らせ、インドネシアのスカルノを太らせ腐敗政治を招いたのはジャパニーズマネー、そしてケニアのモイも同類です。情けないことです。でもケニアの人達の怒りは結集しないようです。凌ぎ易い気候風土が彼らの怒りをなしくずしに溶かしてしまうようです。

難儀なことはTomorrowなのです。

経済はインド人に牛耳られ、政治はモイの独裁に任せ、職なし、金なし、家なし、の身ながらのん気です。さし迫れば数人のグループで強盗集団に早変わり、利那と諦念が隣り合っている感じで、やり切れない思いがします。

青年海外協力隊員はケニアに約100名いますが、その半数が独身の若い女性達、単独で奥地に出かけ医療、ソーシャルワーカー、農業、保健、教育等の分野で孤軍奮闘しています。病気（マラリア、エイズ）や車の事故、レイプ等のアクシデントにあわなければよいがとつい母親のような気持ちで心配します。彼らは至ってあっけらかんとしてはいますが。

野生生物の保護、自然環境の保全等、日本の乱脈な開発に比して慎重な取り組みは感心しますが、余りにも解決すべき問題が山積みでどれから手を付けてよいかわからないまま何もしないできたというのが現状でしょう。

又、ケニアを訪れる日が来た時、何がどう変わったのか確かめたい気がします。

（2001.1.10）

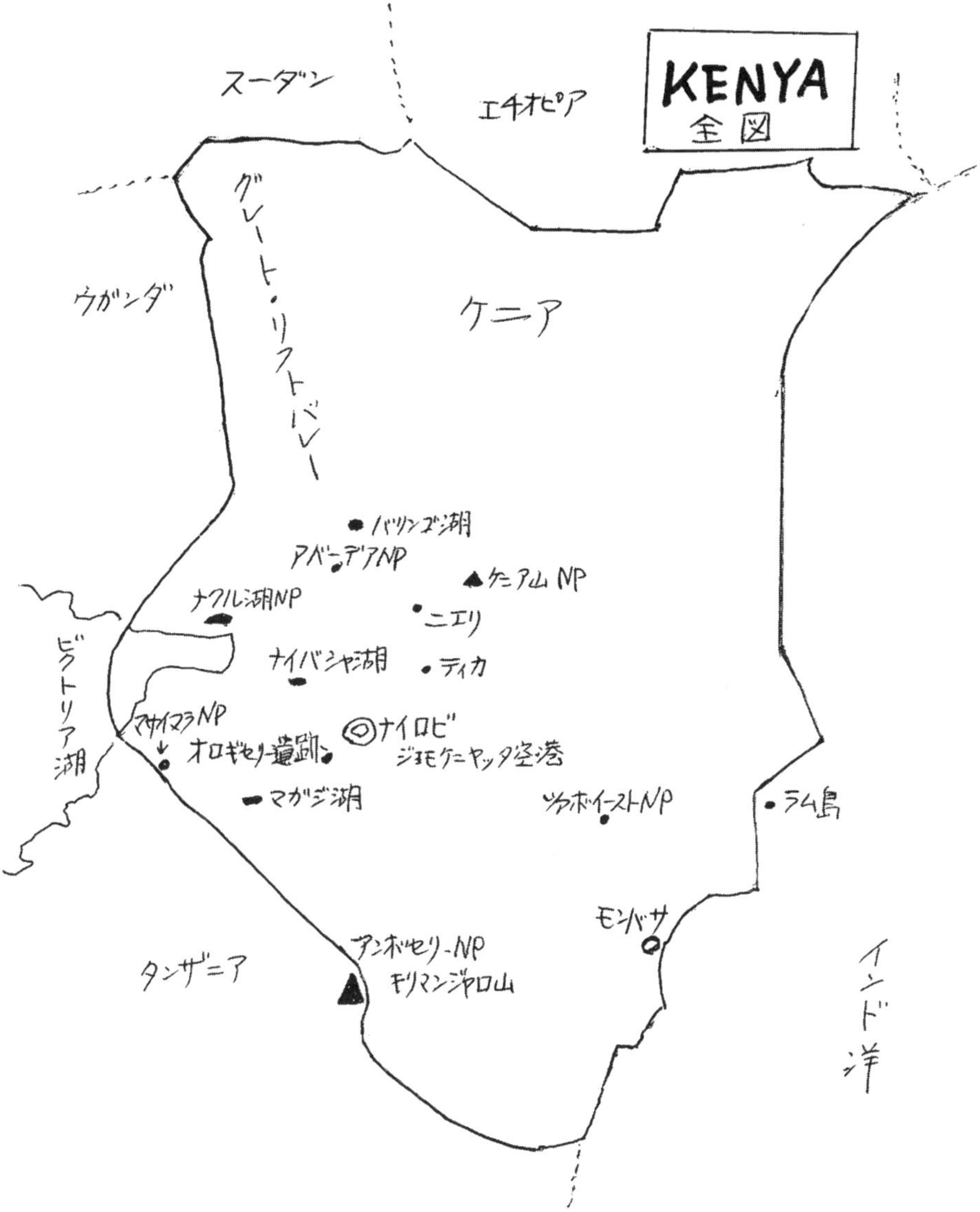
KENYA
全図
スーダン
エチオピア
ウガンダ
ケニア
グレート・リフトバレー
バリンゴ湖
アバーデアNP
ケニア山 NP
ナクル湖NP
ニエリ
ナイバシャ湖
ティカ
ビクトリア湖
マサイマラNP
ナイロビ
オロギセリー遺跡
ジョモケニヤッタ空港
マガジ湖
ツァボイーストNP
ラム島
モンバサ
アンボセリーNP
キリマンジャロ山
タンザニア
インド洋

あとがき

ケニアを去って既に20年、今さらまた「アフリカ」かと思われるかも知れません。3年前、詩集『五月の食卓』（２０１８年澪標）を出した時、「Ⅲ章　ナイロビの風」の中にアフリカの詩10篇を載せたところ、もっとアフリカのことを知りたい、続きを書いてほしい、などリクエストがありました。嬉しくなって、胸にアフリカの日が消えない内に、新しく20篇を書き下ろすことにしました。

私がナイロビへ旅立つ時、母は「どうしてアフリカへ」と行先を案じ困惑していました。その4か月後テロ事件に遭遇したニュースをテレビで見て腰を抜かさんばかり驚き、言葉を失い心配してくれました。幸い、母の祈りが通じたのか、その後は無事に元気に過ごすことができました。帰国して真っ先に母に顔を見せると心より安堵したようでした。そしてアフリカのお土産をとても喜んでくれました。

3年間ケニアで過ごした日々は私にとって忘れ難く何にも代えがたい貴重な体験でした。ここにその一端を綴ることで、少しでもアフリカのことを知るきっかけになれば嬉しく思います。
そして今、亡き母（94歳で他界）に心を込めてこの詩集を捧げたいと思います。

2021年8月　蟬の鳴く日に

最初に描いたサバンナのアカシア

山本眞弓（やまもと・まゆみ）

1943年　島根県安来市生まれ
1975年より神戸市在住
1993年　詩集『あの日ワタシが見たものは』（蜘蛛出版社）
2018年　詩集『五月の食卓』（澪標）
現在　日本現代詩人会会員
　　　兵庫県現代詩協会会員
　　　同人誌「ア・テンポ」「時刻表」同人
現住所　〒651-0091　兵庫県神戸市中央区若菜通6-4-15-203

ティータイム
二〇二一年九月十日発行
著　者　山本眞弓
発行者　松村信人
発行所　澪　標《みおつくし》
大阪市中央区内平野町二 - 三 - 十一 - 二〇二
TEL　〇六 - 六九四四 - 〇八六九
FAX　〇六 - 六九四四 - 〇六〇〇
振替　〇〇九七〇 - 三 - 七二五〇六
印刷製本　亜細亜印刷株式会社
DTP　山響堂 pro.
©2021 Mayumi Yamamoto
定価はカバーに表示しています
落丁・乱丁はお取り替えいたします